Streichelnder Tod

ein Kriminalroman
von Gisela Paprotny

Herstellung und Verlag:
BoD – Books on Demand, Norderstedt
ISBN: 9783756897261

Übersicht

Die Geburt

Es begann in einer dunklen Nacht. Eine junge Frau lag in den Wehen. Sie gebar unter starken Schmerzen ihr erstes Kind, einen Sohn.

Die Geburt war kompliziert, so dass die anwesenden Ärzte sich nur um die junge Frau kümmern konnten. Der kleine Junge wurde daher achtlos zur Seite gelegt. Er fror und schrie, wurde aber nicht beachtet. Erst als die junge Frau außer Lebensgefahr war schenkte man dem kleinen Bub Beachtung.

Der Bub erlitt einen Geburtsschock, was zu seinen späteren seltsamen Verhaltensweisen führte. Als der kleine Bub sechs Monate alt war wurde er unter den Namen Friedrich getauft.

Eigentlich fehlte es ihm an nichts, denn die Familie lebte in gutbürgerlichen Verhältnissen. Der Vater betrieb eine gutgehende Schreinerei und es fehlte der Familie an nichts.

Die Mutter war eine schöne Frau die von ihrem Ehemann mit Geschenken überhäuft wurde.

Der kleine Sohn aber war nicht ganz gesund und wurde vom Vater nicht gerade geliebt.

Die Mutter aber liebte und verwöhnte ihren kleinen Sohn. Für seine Erziehung war allerdings ein Kindermädchen zuständig.

Im Alter von fünf Jahren kam es dann für den Jungen zu einer verhängnisvollen Begebenheit, welche ihn prägte und für sein späteres Verhalten von großer Bedeutung war.

Das Kindermädchen

Wie immer wurde er von dem Kindermädchen gebadet,
aber an dem Tag entledigte sich das Kindermädchen ihrer
Kleidung und stieg zu dem Buben in die Wanne.

Sie wusch ihn wie gewohnt, aber als sie ihr Werk vollendet
hatte, verlangte sie von dem Buben er solle ihre Brüste
küssen.

Als er sich weigerte, sagte das Kindermädchen; „Warum
magst du meine Brüste nicht?" Der Junge antwortete
„Sie sind so dick!"

„Sie sind dir zu dick, dann spielen wir ein anderes Spiel.
Komm zu mir her und stecke deinen großen Zeh hier in mein
Mäuschen!"

Der kleine Bub kroch vorsichtig zu dem Kindermädchen hin
und streckte seinen Fuß aus. „Du musst noch ein wenig
näher zu mir kommen!" verlangte das Kindermädchen.

Der Bub gehorchte und näherte sich dem Kindermädchen.
„Ja, komm noch ein wenig näher und nun stecke deinen Zeh
in meine Maus. Ja, so ist es gut, aber nun zieh den Zeh
wieder raus. Mach es weiter so immer schön rein und raus!"

Plötzlich stöhnte das Kindermädchen und rutsche vor und
zurück. Danach lächelte es und verlangte von dem Jungen,
niemandem von dem Spiel etwas zu erzählen.

Die Zeit verging und dem Buben wurde es zu viel. Er ertrug
das Spiel nicht mehr und vertraute sich seiner Mutter an.
Das Kindermädchen wurde entlassen und eine Lehrerin an
ihrer Stelle eingestellt. Es dauerte nur noch kurze Zeit, dass
der Junge eingeschult werden konnte.

Der Bub sollte gut vorbereitet sein. Leider stellte sich heraus
das der Bub Schwierigkeiten mit Zahlen hatte. Er konnte
nicht rechnen und das sollte in seinem späteren Leben zu
einem Problem für ihn werden.

Der kleine Friedrich litt unter Komplexen und in der Schule
wurde er geärgert und ausgelacht. Aus dem schüchternen
Jungen wurde bald ein komplizierter Schüler. Er setzte sich
zur Wehr und musste mehrfach die Schule wechseln.

In der Schule fühlte er sich nicht wohl.

Jedoch die Schreinerei und der Geruch von Holz weckten
sein Interesse. Es zog in täglich in die Werkstatt seines
Vaters.

Er streichelte die Bretter und besonders knochiges Holz zog
ihn magisch an. Es dauerte nicht lange und der Junge
begann mit der Anfertigung von Skulpturen.

Er erinnerte sich an das Kindermädchen und ihre Brüste, die
er verabscheute. Also fertigte er nur sehr schlanke Modelle
an. Aber sie waren ihm bald zu bedeutungslos, er wollte den
Skulpturen Leben einhauchen.

Die Prostituierte

So beschloss er nachts nach schlanken Frauen Ausschau zu halten. Es zog ihn immer wieder durch die nächtlichen Gassen und Parks.

Die Mädchen an der Straße stießen ihn ab, sie waren ihm alle zu dick. Aber eines Tages fand er eine große schlanke Prostituierte. Er sprach sie an und die Frau ging bereitwillig mit ihm mit.

Aber wohin sollte er mit ihr gehen. Sie mussten ungestört sein. Da kam ihm die Idee die Frau mit in die Werkstatt seines Vaters zu nehmen. Dort würde sie gewiss, zu dieser Zeit, niemand stören.

Aber die junge Frau bekam es mit der Angst zu tun und wollte nicht weiter gehen. „Du brauchst dich nicht zu fürchten, ich füge dir kein Leid zu. Ich möchte mir nur deinen Körper anschauen.

Ich habe schon lange nach so einer schlanken Frau, wie dich, Ausschau gehalten.

Du musst wissen, dass ich Modelle aus Holz anfertige. Aber so recht gefallen sie mir nicht. Ich brauche den Körper einer schlanken Frau, damit ich sie richtig in Form bringen kann.

Also du musst mir nur Modell stehen. Hast du Angst dich auszuziehen? Ich werde dich nur ein wenig streicheln, weil ich meine Hände trainieren möchte. Ich werde dich auch gut bezahlen. Bist du damit einverstanden?"

Die junge Frau stimmte, zwar ein wenig verunsichert und ängstlich über diesen merkwürdigen Wunsch, dennoch zu. Außerdem lockte sie das versprochene Honorar, welches sie für ihre Dienste erhalten sollte.

In Erwartung seinem Ziel näher zu kommen, schloss der junge Friedrich die Tür zur Werkstatt auf und schaltete das Licht ein. „Komm fürchte dich nicht, die Schreinerei gehört meinem Vater, es geschieht dir nichts Böses, wie gesagt mich interessiert nur dein schlanker Körper. Und wenn du einverstanden bist, mache ich ein Modell aus dir."

Die junge Frau erhoffte sich, durch den jungen Friedrich Karriere zu machen und viel Geld zu verdienen. Sie betraten die Werkstatt und der Friedrich führte sie zu einem noch nicht ganz fertig gestellten Tisch.

Würdest du dich bitte ausziehen und auf den Tisch legen? Ich hole nur schnell meine Fotoausrüstung und möchtest du etwas trinken?" „Ja, etwas zu trinken wäre nicht schlecht. Was hast du denn da?"

Friedrich hatte sich schon lange mit der Situation beschäftigt und vorgesorgt. Es war schließlich ein besonderer Moment und die Erfüllung seiner Träume.

„Ich habe eine Flasche Champagner in meinem Schrank. Wäre es dir recht?" „Oh, Champagner, ganz was Feines. Aber gern. Du wirst mir immer sympathischer. Du bist wohl ein richtiger Gentleman?"

Friedrich ging zu seinem Schrank und holte seine Fotoausrüstung und die Flasche Champagner.

Inzwischen hatte die junge Frau angefangen sich zu
entkleiden. Friedrich war immer noch sehr schüchtern, was
Frauen betraf. Er schwitzte vor Erregung.

Bisher hatte er noch keine Frau nackt gesehen. Nur immer
von ihnen geträumt und sich gewünscht, ihre Körper zu
berühren.

Er schaute oft im Internet nach schlanken Frauen und wenn
er eine fand erregte es ihn und er befriedigte sich selber.
Aber jetzt erfüllte sich ein Traum.

Eine nackte Frau lag vor ihm auf dem Tisch. Seine Hände
zitterten als er die Gläser füllte. „Möchtest du zuerst einen
Schluck trinken, bevor ich dich streichle?" fragte er.

„Ja, dass ist eine gute Idee, ich habe Durst und kalt wird mir
auch. Beeile dich mit deinen Fotos."

Friedrich richtete die Kamera auf den Körper der jungen
Frau, aber er war nicht zufrieden mit dem was er sah.
„Darf ich dich massieren?" fragte er.

„Es werden schönere Fotos, wenn dein Körper glänzt.
Ich muss dich allerdings ein wenig mit Öl einreiben."
„Auch das noch. Na meinetwegen, wenn es sein muss!"
erwiderte die junge Frau. Friedrich ging noch einmal zu
seinem Schrank und holte ein wohlriechendes Arganöl.

Dann begann er ganz behutsam ihren Körper mit dem Öl einzureiben.

Zuerst vermied er es ihre flachliegenden Brüste zu massieren. Ihn interessierten mehr ihre Rippen. Er wollte jede einzelne Rippe spüren. Langsam wurde er mutiger.
Er massierte ihre Arme, ihre Beine und als er sich ihrem Schambereich näherte spürte er, dass die junge Frau auf seine Massage reagierte.

Sie stöhnte und sagte; „Du hast wunderbare Hände und deine Massage erregt mich, mach weiter es gefällt mir.
Friedrich spürte, dass, immer wenn er ihren Intimbereich berührte, dass auch ihn das erregte.

Er wurde mutiger und das Spiel dauerte bis sein Penis größer wurde und er zur Erektion kam.
Die junge Frau lächelte und sagte; „Du bist ein besonderer Mann, du hast wunderschöne Hände und massieren kannst du wie kein anderer.
Wenn du das immer so machst, kannst du mich zu jeder Zeit wieder rufen. Aber jetzt möchte ich mich wieder anziehen. Gibst du mir noch einen Schluck von dem köstlichen Champagner?"

Auch Friedrich war mit dem Erlebten voll und ganz zufrieden.
Er hatte gute Fotos geschossen und die Knochen der Frau massiert, was ihn sehr erregt hatte.

Er sagte zu der jungen Frau; „Du kannst jederzeit wieder kommen. Du findest mich hier in der Werkstatt meines Vaters.

Komm aber bitte erst spät am Abend. Tagsüber studiere ich.
Ich studiere Kunst. Ich möchte nicht nur Schreiner werden,
ich möchte schöne Skulpturen erschaffen.
Du kannst ja meine Muse werden. Jeder Künstler hat eine
Muse und du könntest mir Modell stehen.

Allerdings kann ich dir nicht viel zahlen, denn wie gesagt,
ich studiere noch. Wenn ich dann später meine Arbeiten
verkaufe steigt selbstverständlich auch dein Honorar.
Bist du damit einverstanden?"
Die junge Frau stimmte zu, verlangte aber gleichzeitig ihr
Honorar.

Danach verließ sie die Werkstatt mit dem Versprechen am
darauf folgenden Tag wieder zu kommen. Friedrich verließ
ebenfalls die Werkstatt, er wollte sich noch ein wenig
schlafen legen.

Am nächsten Tag erschien, wie versprochen, die junge Frau.
Sie hatte sich ein hübsches Kleid angezogen und Friedrich
war mit ihrem Erscheinungsbild zufrieden.

Er liebte schöne Kleider. Aber die Werkstatt sollte nicht für
immer der Ort ihrer Begegnungen sein. Hinter der Werkstatt
führte ein breiter Stollen in den Berg, der im Krieg als Luft-
schutzbunker gedient hatte.

Der Stollen verfügte über mehrere Gänge in denen Räume
vorhanden waren. Zur Zeit wurde der Stollen als Holzlager
genutzt. Allerdings blieben die hinteren Räume unbenutzt.

Das Liebesnest

Friedrich kam der Gedanke, sich dort einen Liebes- und Arbeitsraum einzurichten. Dort wäre er ungestört.
Schon am nächsten Tag begann er mit der Arbeit.

Zuerst zimmerte er ein Bettgestell, danach einen kleinen Tisch, einen Stuhl und einen kleinen Schrank. Auch ein Toilettenstuhl war erforderlich. Er sägte ein rundes Loch in die Sitzfläche und stellte einen Eimer darunter.

Nun musste er nur noch für Licht sorgen. Also legte er eine Leitung. Nur mit dem Wasser war es schwieriger. Das müsste er in Kanistern hineintragen. Aber darin sah Friedrich kein Problem. Er kaufte eine kleine Badewanne. Darin wollte er die Frauen mit Blumen bestücken und schöne Fotos machen.

Der Ausgang bereitete ihm Schwierigkeiten. Er wollte niemand, in seinem Raum, Zutritt gewähren. Also machte er sich ans Werk. Er zimmerte eine Tür, so dass der Raum nicht von Unbefugten betreten werden konnte.

Als Friedrich sein Werk vollendet hatte, führte er seine Muse in das Liebesnest. Die junge Frau schaute sich um und ein ungutes Gefühl stieg in ihr auf. Sie befürchtete dort irgendwann eingesperrt zu werden. Sie verließ Friedrich und ihr Versprechen wieder zu kommen hielt sie nicht ein.

Friedrich wartete vergebens auf seine Muse. Um so länger sie wegblieb um so ärgerlicher wurde er. Sie hatte es versprochen und ihr Versprechen nicht gehalten.

Er streifte durch die nächtlichen Gassen, fand sie jedoch nicht. Um so länger er suchte, um so mehr erfüllte sich seine Seele mit Hass auf Frauen.

Aber er brauchte sie. Er wollte so lange suchen, bis er eine Neue finden würde. Und er hatte Glück. Eine schlanke hübsche Frau studierte ebenfalls Kunst.

Sie wäre ein gutes Modell, genau nach seinem Geschmack, aber wie sollte er sie dazu bringen mit ihm zu gehen.
Bei jeder Begegnung lächelte er ihr zu und als sie sein Lächeln erwiderte wurde er mutiger.

Er setzte sich neben sie und begann ein Gespräch.
Der jungen Studentin war der Junge Mann sympathisch und so langsam fasste sie Vertrauen zu ihm. Und als er ihr erzählte, dass er Modelle anfertigt und fotografiert wurde sie neugierig.

Sie wollte gern einmal seine Modelle betrachten. Das war die passende Gelegenheit für den jungen Künstler.

Schon am nächsten Tag lud er sie zu sich ein. Die junge Studentin zögerte allerdings als er sie in sein Liebesnest führte, aber als sie die Skulpturen und die Fotos an den Wänden sah, verflogen all ihre Bedenken. Friedrich wollte auch nichts überstürzen und ging ganz behutsam vor.

Zuerst schenkte er zwei Gläser Champagner ein und zeigte ihr all seine Arbeiten.

Die Studentin

Die junge Studentin war begeistert und erkannte, über welch
großes Talent ihr Studienkollege verfügte. Als er sie aber bat
sich zu entkleiden weigerte sie sich und wollte den Raum
verlassen.

Das konnte der Friedrich nicht zulassen. Er hatte zu lange
nach einer passenden Frau gesucht und nun sollte alles
vergebens gewesen sein?

Er versperrte ihr den Weg und bat sie noch ein Glas
Champagner mit ihm zu trinken. Aber als sie auch damit
nicht einverstanden war, wurde Friedrich wütend.

Sollte alles vergebens gewesen sein? Er brauchte ihren
Körper, er wollte sie berühren, sie einölen und streicheln.
Er dachte, wenn sie nicht freiwillig bei ihm bleibt, wird er sie
zwingen bei ihm zu bleiben. Friedrich wurde wütend, drehte
sich um, verließ den Raum und verriegelte die Tür.

Die junge Frau schrie und bat ihn sie freizulassen. Aber
Friedrich erhörte sie nicht. Am darauffolgenden Tag brachte
er ihr etwas zu essen und Getränke. Aber die junge Frau
verweigerte das Essen und die Getränke. Sie verlangte
freigelassen zu werden.

„Gut wenn Du nicht essen und trinken willst, wirst du noch
schlanker, was übrigens genau meinen Wünschen entspricht.
Ich möchte dich massieren und deine Rippen streicheln, das
erregt mich."

Der jungen Frau lief ein kalter Schauer über den Rücken. Sie kroch unter die Bettdecke und weinte. „Warum weinst du? Hör gefälligst auf damit. Du musst nur meinen Anweisungen folgen und ich bin ganz lieb zu dir. Wenn du allerdings ungehorsam bist, bestrafe ich dich."

Danach verließ Friedrich den Raum. Aber die junge Frau wollte auch in den folgenden Tagen nichts essen und trinken. Sie bat nur immer wieder freigelassen zu werden, was ihr der Friedrich jedoch verweigerte. In der folgenden Zeit wurde die junge Frau immer schwächer und starb bald darauf. Friedrich war enttäuscht und ärgerte sich über so viel Ungehorsam. Er wollte doch nur ein paar schöne Fotos machen und ihren Körper einölen und streicheln.

Seine Hände wollten die Konturen ertasten um neue Skulpturen zu erschaffen. Sie sollten perfekt werden. Aber zuerst musste er jetzt das Problem mit der toten Frau lösen. Sie konnte ja nicht in dem Raum bleiben.

Dort wollte er eine neue Gespielin einsperren. Er zimmerte einen neuen Stuhl trug ihn mit einem Eimer weit in den nächsten Gang. Er entkleidete die junge Frau massierte ihren Körper, rieb ihn mit Öl ein und machte die erwünschten Fotos. Und wieder spürte er das Verlangen ihre Knochen zu spüren, was ihn erregte und er zu seiner Erektion kam.

Er hatte zu lange warten müssen. Und noch einmal überfiel ihn das Verlangen und er wiederholte sein Spiel. Anschließend zog er ihr ein wunderschönes Kleid an und trug sie in den langen dunklen Gang.

Der Todesstollen

Er setzte sie ganz behutsam auf den vorbereiteten Stuhl.
Dann sprach er zu ihr; „Du wirst jetzt hier sitzen bleiben und
ich werde kommen und dich anschauen. Du gehst nie wieder
fort von hier. Du gehörst mir." Er betrachtete sie noch einmal
und ging danach davon.

Hin und wieder betrachtete Friedrich die junge Frau und sah
dass sie so langsam vertrocknete.
Es war kühl im Schacht und ein leichter Luftzug verhinderte,
das der Körper der junge Frau verweste. Ihre Körperflüssig-
keit tropfte in den darunter stehenden Eimer und
vertrocknete ebenfalls mit der Zeit.

Aber Friedrich war unzufrieden. Er benötigte eine neue Muse,
also zog er wieder ruhelos durch die nächtlichen Gassen,
bis er wieder eine schlanke Prostituierte überreden konnte
mit ihm zu gehen. Die Frau folgte ihm leichtgläubig.

Sie bemerkte auch nicht, dass der nette junge Mann ein
Betäubungsmittel in den Champagner mischte. Erst als sie
am nächsten Morgen erwachte erkannte sie, das sie sich in
einem verschlossenen Raum befand.

Sie rüttelte an der Tür und schrie um Hilfe, aber niemand
hörte ihre verzweifelten Rufe. Am späten Abend erschien
Friedrich und brachte der jungen Frau Wasser und etwas
zu essen.
Aber die junge Frau wollte sofort freigelassen werden. Ihr
war nicht nach essen und trinken zu mute. Sie protestierte
und schimpfte laut. „Was machst du mit mir. Lass mich
gefälligst hier aus diesen Affenkäfig raus."

Die zweite Prostituierte

Der Friedrich dachte gar nicht daran. Er schaute sie an und
erwiderte; „Was regst du dich auf? Was glaubst du denn
warum du hier bist? Ich brauche dich und du bleibst bei mir.
Wenn du schön artig und gehorsam bist wird es dir bei mir
gefallen. Wir machen schöne Fotos von dir.

Du bist jetzt meine Muse. Ich werde dich verwöhnen,
es wird dir an nichts fehlen.
Und jetzt hör auf hier herum zu schreien. Hier unten hört
dich doch niemand. So und jetzt essen wir erst einmal und
trinken ein Glas Champagner.“ „Damit du mich wieder
betäuben kannst? Nein mein Lieber, ich will hier raus und
sonst gar nichts.“

Friedrich ärgerte sich über so viel Unvernunft und schimpfte.
„Wenn du nicht gehorsam bist, kann ich ganz böse werden,
also komm her und iss und trink.“

Der jungen Frau blieb nichts anderes übrig. Sie fügte sich,
denn sie hatte Hunger und Durst. Friedrich schaute ihr zu
und erklärte ihr, das sie für das Essen und trinken arbeiten
muss. Die Frau hielt inne und schaute den Mann
verunsichert an.

„Was soll ich denn hier unten arbeiten? Willst du Sex mit mir
haben, dass kannst du auch haben ohne mich hier
einzusperren.“

„Warte ab, ich erkläre dir gleich was du machen musst.“
Nachdem die junge Frau sich satt gegessen hatte, schaute
sie den Friedrich erwartungsvoll an.

Der erklärte ihr dann genau, worin ihre Arbeit bestehen würde.

„Also zuerst musst du dich ausziehen und auf das Bett legen. Ich werde dich einölen und massieren, das erregt mich. Danach möchte ich ein paar Fotos von dir machen. Bist du damit einverstanden?"

„Na, wenn es nicht mehr ist, natürlich, dass tut ja nicht weh. Aber danach musst du mich freilassen." Darauf antwortete Friedrich nicht.

Im Gegenteil, nachdem er sein Werk vollbracht hatte verlangte er, dass die junge Frau ein Kleid anziehen und sich schlafen legen soll, da er mit seiner Arbeit noch nicht fertig sei und die Filme erst entwickeln und begutachten müsse.

„Leg dich ins Bett und schlafe, ich komme morgen Abend zurück." Dann verließ er den Raum. Die junge Frau wollte ihm folgen, aber Friedrich hatte die Tür bereits hinter sich zugezogen.

Am darauffolgenden Abend erschien Friedrich zur gewohnten Zeit. Wieder brachte er Essen und Getränke mit.

Er fragte die junge Frau; „Wie war dein Tag? Geht es dir gut? Fehlt dir etwas? Sag es mir, ich werde dir jeden Wunsch erfüllen. Die junge Frau antwortete empört „Du fragst wie ich mich fühle? Das ist eine Unverschämtheit von dir. Nicht nur das ich friere, ich langweile mich zu Tode hier in diesem Loch!

„Oh das tut mir leid. Morgen bringe ich Dir eine schöne warme Decke und Zeitschriften. Hast du sonst noch einen Wunsch? Du musst es mir nur sagen. Ich habe dir doch versprochen, wenn du bei mir bleibst und all meine Wünsche erfüllst, soll es dir hier an nichts fehlen.“

„Du machst mir Spaß! Glaubst du wirklich, das ich immer hier unten bleiben will. Du bist wohl total verrückt geworden. Aber jetzt möchte ich essen und trinken und danach meine Arbeit machen, wie du es nennst.“

Friedrich war zufrieden und schaute ihr voller Ungeduld beim essen zu.

Die Frau lies sich Zeit und Friedrich wurde ungeduldig. „Nun mach schon, wie lange dauert es denn heute!“ „Mal langsam ich musste den ganzen Tag auf das Essen warten. Also übe dich gefälligst in Geduld.“

Als sie endlich bereit war, konnte Friedrich es kaum erwarten. „Nun los beeile dich. Ich habe nicht den ganzen Abend Zeit. ich habe auch noch andere Dinge zu erledigen. Zieh dich aus und lass uns arbeiten. Die junge Frau lies sich Zeit und Friedrich konnte seine Erregung kaum verbergen.

Die junge Frau erkannte, das der Mann es kaum erwarten konnte ihren Körper zu berühren. Sie fühlte sich ihm über-legen und forderte ihn raus. „Also hör mal zu, wenn du mich morgen nicht hier raus lässt, dann spiele ich nicht mehr mit!“

Erregt und gereizt erwiderte Friedrich; „Und wenn du dich
jetzt nicht schnellstens ausziehst, dann lernst du mich von
einer anderen Seite kennen. Denn ich kann nicht nur gut,
sondern auch sehr böse sein."

Das wirkte, die junge Frau überfiel Angst und sie spielte
gehorsam sein Spiel mit. Und Friedrich war zufrieden.
Er massierte jede einzelne Rippe ihres Körpers und dabei
befriedigte er sich wie gewohnt.

Am darauffolgenden Abend betrat Friedrich mit einer
wunderschönen Decke und einen Arm voller Zeitschriften den
Raum. „Na also, dass sieht doch gut aus, du machst es mir ja
richtig gemütlich hier unten," begrüßte ihn die Frau.

Wenn du mir dann nach dem Essen wieder einmal von dem
köstlichen Champagner gibst, bin ich für heute zufrieden."
Das gefiel dem Friedrich. So sollte es für immer bleiben.
Wie gewohnt massierte er ihren Körper, machte ein paar
Fotos und verließ danach befriedigt und zufrieden den Raum.
Die junge Frau kroch unter die warme Decke und schlief bald
darauf ein.

Aber es kam wie es kommen musste, die Frau wurde ungeduldig. Wie lange sollte dieses Procedere noch so weiter
gehen? Sie wurde von Tag zu Tag unzufriedener. Schließlich
verlor Friedrich die Geduld. Er hatte genug Fotos von ihr und
ein paar gute Skulpturen angefertigt und ihr ewiges Gezeter
ging ihm gehörig auf die Nerven. Was sollte er mit ihr
machen?

Das zweite Opfer

Eigentlich war es doch ganz einfach. Er würde sie verhungern und verdursten lassen. In der Zwischenzeit zimmerte er
wieder so einen Toilettenstuhl. Er würde sie neben der
anderen Frau platzieren und sich nach etwas Neuem
umschauen.

Die Frau erregte ihn nicht mehr. Friedrich zog wieder ruhelos
durch die nächtlichen Gassen und suchte nach der nächsten
passenden Frau.

Als er dachte, das die Frau in seinem Liebesnest bereits
gestorben war, ging er zu ihr hin. Aber die Frau lebte noch
und bat ihn, ihr doch bitte zu helfen und sie frei zu lassen.
Aber das war unmöglich, das konnte er nicht machen. Also
wartete er noch ein paar Tage und als er das Zimmer wieder
betrat, war die junge Frau gestorben.

Friedrich war zufrieden. Sie konnte nicht mehr weggehen.
Er entkleidete sie, zog ihr ein hübsches Kleid an und
drapierte sie neben der jungen Studentin.

Er betrachtete die zwei toten Frauen und sagte zu ihnen
„Wäret ihr folgsam gewesen, würdet ihr noch leben, aber ihr
wolltet ja nicht bei mir bleiben. Jetzt bleibt ihr für immer bei
mir und zum arbeiten suche ich mir wieder eine schöne,
schlanke junge Frau.

Aber so einfach war das nicht. Keine der Frauen war ihm
schlank und schön genug.

Die schöne junge Frau

In der Zwischenzeit hatte er sich ein kleines Atelier
eingerichtet. Er wollte und musste seine Arbeiten ausstellen
und dem vorübergehenden Publikum darbieten. Er musste
seine Arbeiten verkaufen um seinen Lebensstiel zu
verbessern.

Es war ein schöner Sommertag. Die Sonne schien ins Atelier
und Friedrich hatte nur ein kurzes Bermuda Short an.
Die Arbeit strengte ihn an. Dennoch arbeitete er konzentriert
an seinem neuen Modell.

Er bemerkte die junge Frau, die seine Ausstellungsstücke im
Schaufenster bewunderte, nicht. Eine Figur gefiel der jungen
Frau besonders gut. Sie betrat das Atelier. Eigentlich erlaubte
Friedrich niemandem sein Atelier zu betreten, aber er hatte
vergessen die Tür abzuschließen.

Die junge Frau war überrascht als sie den Friedrich voll
konzentriert arbeiten sah.

Sie stand still und wagte kaum zu atmen. Der Mann besaß
einen wunderschönen Körper und sie fühlte sich sofort zu
ihm hingezogen. Friedrich spürte, dass sich eine Person in
seinem Atelier befand. Er drehte sich um und betrachtete
voller Bewunderung die schöne junge Frau.

Die Frau war genau sein Typ. Friedrich lächelte und die junge
Frau lächelte ebenfalls. „Was machen sie denn hier in
meinem Atelier?" fragte Friedrich schließlich. „Entschuldigen
sie bitte, aber die Tür war nicht verschlossen und so dachte
ich, dass ich dieses Geschäft betreten darf.

Mir gefällt eine ihrer Skulpturen, ich möchte sie gern
kaufen."

Friedrich schaute zur Eingangstür und erwiderte.
„Ach, habe ich wieder einmal vergessen abzuschließen.
Wissen sie, ich sehe es nicht gern, dass jemand mir beim
arbeiten zuschaut."

„Großer Meister, ich habe kein Schild mit dem Vermerk
„Betreten verboten." gesehen. Das sollten sie wohl
schnellstens an ihrer Ladentür anbringen lassen!" Sie drehte
sich um und ging auf den Ausgang zu.

„Moment mal, seien sie doch nicht gleich beleidigt," sagte
Friedrich. „Ich war doch im ersten Augenblick nur erstaunt
woher sie so plötzlich gekommen sind. Entschuldigen sie,
wenn ich sie beleidigt haben sollte. Kommen sie, ich mache
es wieder gut. Trinken wir auf unser Kennenlernen einen
Schluck Champagner."

Die junge Frau blieb unschlüssig vor der Ausgangstür stehen,
aber dann kam sie zurück und sagte; „Also, wenn sie mir die
Skulptur, recht neben der Ausgangstür verkaufen, könnte ich
eventuell zustimmen. Das heißt, wenn sie nicht zu teuer ist."

Die Gelegenheit konnte und wollte der Friedrich sich nicht
entgehen lassen. Die Frau war genau das Modell welches er
über Wochen und Monate gesucht hatte. Sie war wunderschön. „Kommen sie bitte und setzen sie sich, ich schenke
ihnen mein schönstes Stück, aber nur wenn sie mit mir ein
Glas Champagner trinken."

Die junge Frau verharrte auf der Stelle. Was könnte schon dagegen sprechen mit dem Künstler ein Glas Champagner zu trinken. Schließlich stimmte sie zu und setzte sich auf das kleine Sofa.

Sie konnte ja nicht ahnen, dass Friedrich dem Champagner wieder einmal ein paar Tropfen von dem Betäubungsmittel hinzufügte. Außerdem war es für die junge Frau zu verlockend, diese schöne Skulptur geschenkt zu bekommen.

Friedrich kam mit den zwei Gläsern Champagner in den Händen zurück und fragte; „Darf ich mich zu ihnen setzen?" dabei überreichte er der jungen Frau das Glas mit dem Champagner. „Selbstverständlich! Setzen sie sich, sie sind schließlich der Besitzer dieses Sitzmöbels."

Friedrich nahm Platz und schaute erregt zu, wie die Frau ihren Champagner trank. Kurz darauf schaute die Frau ihn erstaunt an und fiel in Ohnmacht.

Jetzt musste alles sehr schnell gehen. Friedrich nahm die Frau in seine starken Arme und trug sie in seinen Wagen. Es war eine kurze Strecke bis zu seinem Liebesnest. Und die Frau durfte auf keinen Fall vorher aufwachen.

Im Eiltempo raste er die Allee entlang. Durch die Schreinerei seines Vaters konnte er die Frau nicht tragen, denn es wurde dort noch gearbeitet. Aber die Einfahrt hinter der Werkstatt war breit genug, so dass er mit dem Wagen hinter die Werkstatt fahren konnte. Außerdem lagen dort genug Baumstämme, hinter denen er parken konnte.

Das dritte Opfer

Er öffnete die Wagentür und erkannte, das die Frau noch
schlief. Behutsam, um sie nicht zu verletzen, hob er sie aus
den Wagen. Dann eilte er so schnell er mit der Last in seinen
Armen gehen konnte in sein Liebesnest.

Es dauerte noch gewisse Zeit bevor die junge Frau zu sich
kam. Sie öffnete ihre Augen und schaute sich erstaunt um.
Dann erkannte sie den Künstler und erhob sich. „Wo bin ich
und was ist dies für ein Raum? Was haben sie mit mir
gemacht?"
Friedrich ging zu ihr und versuchte sie zu beruhigen. Aber
die junge Frau zitterte am ganzen Körper und wollte zur Tür
eilen. „Moment mal, was machen sie denn da? Die Tür ist
verschlossen, dort können sie nicht raus. Sie dürfen nicht
fortgehen. Ich brauche sie doch, sie sind mein Modell.

Ihnen gefallen doch meine Werke und wenn ich kein Modell
habe, dann kann ich auch keine schönen Werke erschaffen.
Sie müssen keine Angst haben, sie sollen nur meine Muse
sein.

Wir machen ein paar schöne Fotos von ihnen und ich fertige
die schönsten Modelle an. Die junge Frau blieb auf der Stelle
stehen. Sie schaute den Friedrich mit großen Augen an und
sagte; „Aber deswegen müssen sie mich doch nicht betäuben
und hier einsperren!".

Ja, wären sie denn freiwillig mitgekommen? Ich glaube nicht.
Also blieb mir keine andere Wahl. Aber jetzt sind sie hier, hier
bei mir und ich freue mich.

Sind sie bereit oder möchten sie, das wir erst morgen mit den Aufnahmen beginnen?" Die junge Frau schaute den Friedrich erstaunt an und antwortete; „Wer sagt das ich überhaupt bereit zu solchen Fotos bin. Was verlangen sie von mir? Soll ich mich eventuell auch noch entkleiden?"

„Aber ja,wenn sie angezogen sind, kann ich ihren Körper nicht sehen. Ich muss die Rundungen ihres Körpers genau betrachten und abtasten, sonst fehlt mir das Gefühl für meine Arbeiten."
„Nein das können sie nicht von mir verlangen! Ich werde mich doch nicht vor einem fremden Mann ausziehen. Ich kenne sie doch gar nicht und wer weiß schon, was sie sonst noch von mir verlangen."

„Das kann ich ihnen genau schildern. Sie ziehen sich aus und ich massiere ihren Körper mit einem duftenden Öl. Ihr Körper muss schön glänzen und ich brauche das Gefühl unter meinen Händen. Das erregt mich. Ohne dieses Gefühl kann ich nicht arbeiten. Es gelingt mir einfach nichts. Außerdem sind die Fotos schöner, wenn die Körper der Frauen glänzen. Sie erstrahlen dann in einem völlig anderen Licht. So, aber was reden wir lange herum. Wann beginnen wir mit der Arbeit? Heute oder morgen?"

„Ich glaube, ich bin nicht die richtige Frau für solche Sachen. Ich möchte jetzt lieber gehen."

Friedrich wurde wütend. Immer dieser Ärger mit den unge- horsamen Frauen. Alle wollten ihn verlassen. Das konnte er nicht begreifen.

Sie war genau die Richtige für ihn. Schließlich hatte er schon sehr lange gesucht und gewartet, wieder einmal eine Frau nach seinen Wünschen zu finden.

Und nun wollte auch sie ihn wieder verlassen. Er schaute sie an und sagte „Du bist genau die Frau nach der ich schon sehr lange gesucht habe und wenn du nicht machst, was ich dir sage, werde ich ganz böse mit dir. Du kannst es dir ja bis morgen überlegen, und jetzt habe ich keine Lust mehr mich mit dir zu streiten. Gute Nacht, schlafe dich aus und überlege dir ganz genau was du willst, morgen früh bringe ich dir dein Frühstück.“

Er drehte sich um und wollte den Raum verlassen. „Halt, sie können mich doch hier nicht so allein lassen!“ rief die junge Frau. Sie klammerte sich an Friedrich fest und zitterte am ganzen Körper. „Ich habe solche Angst!“

Friedrich überkam Mitleid mit der jungen Frau und sagte; „Und wie stellst du dir das vor? Sollen wir etwa hier gemeinsam übernachten? Das habe ich noch nie gemacht.“

„Das ist mir völlig egal, aber bitte, bitte bleiben sie bei mir!“ Also gut, wenn es dir recht ist bleibe ich,“erwiderte Friedrich. Die Frau gefiel ihm und er war nicht abgeneigt eine Nacht mit ihr zu verbringen.

„Also gut dann zieh dich aus, ich hole dir ein schönes Nacht-gewand.“ Friedrich ging zu dem kleinen Kleiderschrank und holte ein von ihm angefertigtes Kleid.

„Hier zieh das an. Ich habe allerdings nichts anzuziehen hier
und auch keine Unterwäsche an. Ich trage nie Unterhosen,
also muss ich auch nackt mit dir schlafen."

Friedrich zog sich aus, kroch unter die Decke und schaute ihr
interessiert beim umziehen zu.
„Du musst zuerst das Licht auslöschen, bevor du ins Bett
kommst." verlangte Friedrich.

Die junge Frau war verwirrt. Sollte sie wirklich mit einem
fremden Mann in einem Bett die Nacht verbringen. Aber was
blieb ihr anderes übrig. Behutsam kroch sie unter die Decke.
Ein merkwürdiges Gefühl neben dem nackten Mann zu liegen
überkam sie. Er hatte einen schönen Körper und sie spürte
seine Wärme.

Sie rückte ein wenig näher zu ihm hin und berührte behut-
sam seinen Rücken. Aber der Mann neben ihr schlief bereits.
Dann schlief auch sie ein.
Am nächsten Morgen stieg er ganz ungeniert, nackt wie ihn
Gott geschaffen hatte, aus dem Bett und zog sich an.
Ein Gefühl des Verlangens stieg in ihr auf. Was für ein
schöner Mann dachte sie. Plötzlich schaute er sie an und sah
das sie rot anlief.

Er sagte; „Warum schauen sie mich so an? Haben sie gut
geschlafen? Ich gehe jetzt und hole das Frühstück für sie,
danach muss ich schleunigst zur Universität.
Wissen sie, ich studiere noch." „Können sie mich nicht mit-
nehmen?" fragte die Frau. „Das geht doch gar nicht. Sie sind
ja noch nicht einmal angekleidet.

Lassen sie sich Zeit, ich komme sofort wieder zurück."
Danach verließ er den Raum. Die junge Frau wusch sich und
zog sich an.

Als Friedrich wieder den Raum betrat hatte die junge Frau
sich angekleidet und ihr langes blondes Haar gekämmt.
Friedrich betrachtete sie und spürte ein heißes Verlangen
ihren Körper zu streicheln. Er schaute sie an und sagte
„Wir müssen sofort arbeiten, ich habe da gerade so eine
Idee." „Aber wollen wir nicht zuerst frühstücken?" fragte die
junge Frau.
„Nein, dass geht nicht" antwortete Friedrich. Sie müssen sich
jetzt sofort ausziehen." „Aber ich möchte erst frühstücken!"
antwortete die junge Frau.

Friedrich wurde ungeduldig und erklärte; „Du wirst meinen
Anweisungen folge leisten müssen. Ich verlange von dir
Gehorsam. Wann ich dich brauche, bestimme ich. Also mach
schon, ich habe nicht immer Zeit. Frühstücke nachher wenn
ich fort bin."
„Wenn du nicht in fünf Minuten ausgezogen bist, reiße ich dir
die Kleider vom Leib." Die Frau bekam es mit der Angst zu
tun und folgte Friedrichs Befehl, „Leg dich auf das Bett und
schau mich an!" Friedrich war zufrieden mit dem was er da
sah. Er eilte zu dem kleinen Schrank und holte das Öl.

„Einen Moment noch, ich muss mich auch erst ausziehen."
Er wollte seine Kleidung nicht mit dem Öl beschmutzen.
Die junge Frau bewunderte wieder den schönen Körper des
Mannes. Friedrich näherte sich der Frau, wie Gott ihn
geschaffen hatte.

Er betrachtete sein Modell und fragte; „Warum hast du dein Höschen noch an? Es ist zwar sehr hübsch aber ziehe es bitte noch ein wenig runter. Die junge Frau gehorchte und als Friedrich sie berührte, lief es ihr heiß und kalt über den Rücken.
Sie begehrte den Mann und fragte ihn; „Magst du mich?"
Die Frage kam überraschend und Friedrich wusste darauf keine Antwort. Das hatte ihn noch keine Frau gefragt.
Er stotterte „ ja, aber, warum willst du das wissen?"
Er lief rot an und die junge Frau lächelte.

„Sag bloß, du hast noch keine Frau geliebt?"
Friedrich antwortete darauf nicht. „Also habe ich recht, du solltest nicht nur von Frauen träumen und mit ihnen spielen. Nimm sie dir!" ehe Friedrich wusste was mit ihm geschah lag die Frau in seinen Armen und küsste ihn.

Sie flüsterte ihm leise in sein Ohr; „Mache es jetzt sofort, liebe mich." Er spürte ihre Hände wie sie ihn zu streicheln begann und sein Glied wurde bereit für die Liebe. Ganz behutsam, um ihr nicht weh zu tun drang er in sie ein.
Er war wie berauscht und als sie seinen Bewegungen folgte kam er zum Höhepunkt.

Das gefiel ihm, dass war die richtige Frau für ihn. Er streichelte noch einmal ihren Körper und dachte - warum habe ich das nicht schon eher gemacht? Er war Frauen gegenüber einfach zu schüchtern gewesen. Von nun an würde er sich nehmen was ihm gefiel. Und er brauchte nicht mehr durch die Straßen und Gassen laufen und nach der geeigneten Person suchen. Sie lag in seinem Zimmer und sie war schön.

Dann wurde er in seinen Gedankengängen unterbrochen.
„Hallo mein Geliebter, wie heißt du überhaupt? Ich liege hier
nackt in deinem Bett und wir lieben uns und ich weiß nichts
von dir!"
Friedrich, ich heiße Friedrich und wie heißt du?" „Elisabeth,
ich bin Elisabeth und ich finde deinen Körper wunderschön.
Aber sag mal begehrst du mich auch?"

„Ich weiß nicht, du bist sehr schön und du gefällst mir. Ich
werde sehr schöne Fotos von dir machen und die schönsten
Modelle von dir anfertigen, du darfst nur nicht wieder
fortgehen."

„Aber du weist schon, du kannst und darfst mich hier nicht
für immer einsperren." Was er da hörte gefiel Friedrich ganz
und gar nicht. Fing das schon wieder an. Sie muss hier bei
ihm bleiben. Die Frauen hatten immer versprochen wieder zu
kommen und dann haben sie ihn verlassen.

Das Risiko würde er nicht noch einmal eingehen. Sie war
jetzt hier bei ihm und das sollte für immer so bleiben. Seine
Laune verschlechterte sich. Es war so schön mit ihr und nun
wollte sie ihn wieder verlassen. Friedrich schaute die Frau an
und sagte; „Also, wenn ich dich lieben soll, dann rede keinen
Unsinn. Du bleibst bei mir für immer."

„Aber Friedrich was soll das, dass kannst du mir nicht antun!
Du darfst mich hier nicht für immer gefangen halten." „Doch
das kann ich und das mache ich auch. Alle Frauen haben
versprochen bei mir zu bleiben und wollten dann doch fortgehen. Also bleibst du hier bei mir und das für immer."

„Aber ich liebe dich doch und möchte auch für immer bei dir bleiben, ich gehe nicht fort." „Das haben alle gesagt und sind doch fortgegangen.. So und jetzt gehe ich und komme morgen wieder. Leg dich ins Bett und schlafe."
„Bitte Friedrich nimm mich mit, ich fürchte mich hier so allein." „Das musst du nicht. Hier unten verläuft sich niemand." Er drehte sich um und schloss die Tür hinter sich.

Die junge Frau lief zur Tür und hämmerte mit beiden Fäusten an die Tür, aber es hörte sie niemand. Sie ging zurück zu ihrem Bett und kroch unter die wärmende Decke. Sie weinte, aber es half alles nichts, sie musste warten bis der Friedrich am nächsten Tag zurückkommen würde.

Aber der lies sich Zeit. Es wurde Abend als er endlich den Raum betrat. „Wo warst du so lange und warum kommst du so spät? willst du mich hier etwa verhungern lassen?"
„Du warst gestern unartig. Erst warst du so lieb und dann wolltest du wieder fortgehen. Warum? Gefällt es dir hier nicht?"

„Aber ja es ist schön hier und ich mag dich, nur darfst du mich doch nicht für immer hier einsperren." „Doch, dass darf ich, denn du gehörst jetzt mir und wirst für immer bei mir bleiben. Ziehe dich lieber schnell aus ich brauche deinen Körper, es soll wieder so schön wie gestern werden."

„Friedrich, denkst du auch mal an mich, ich habe den ganzen Tag noch nichts gegessen. Wenn ich hungrig bin kann ich dich auch nicht lieben."

Das gefiel Friedrich gar nicht, aber er sah ein, dass sie zuerst etwas essen musste.
„Also gut hier ich habe dir etwas sehr Gutes mitgebracht, aber iss nicht zu lange ich will mit dir spielen, so wie gestern, und schöne Fotos machen."

Er gab ihr das mitgebrachte Essen und sah ihr zu. Sie hatte wirklich Hunger und Durst, dass sah Friedrich ein.
Als sie endlich fertig war, bat er sie sich wieder auszuziehen.
Er streichelte sie, massierte ihren Körper und rieb ihren Körper mit dem wohlriechenden Öl ein.

Dabei verspürte er wieder dieses Verlangen sie zu lieben.
Aber zuerst machte er ein paar schöne Fotos.
Sie musste sich ihm in verschiedenen Stellungen zeigen.
Zufrieden lächelnd fragte er sie, ob sie ihn wieder lieben möchte.

„Ja, dass möchte ich, denn ich liebe deinen Körper und dich, aber du musst mich frei lassen, sonst mag ich dich nicht mehr." Friedrich atmete tief ein und aus. Schon wieder dieses Freilassen! Das ärgerte ihn so sehr, dass er spontan das Liebesnest verließ. Warum wollten alle Frauen immer wieder von ihm gehen. Sie war doch so schön und hat gesagt, dass sie ihn liebt!

Wütend lief er durch die nächtlichen Gassen. Er würde sie bestrafen und morgen allein lassen. Sie sollte hungern und Durst leiden, weil sie so ungehorsam war. Das würde er jetzt jedes mal, wenn sie ungehorsam ist, mit ihr machen.
Als er dann einen Tag später wie gewohnt erschien, weinte die junge Frau.

Friedrich wollte sie trösten und ihr erklären, dass sie selber
Schuld sei wenn er sie bestraft. Aber die junge Frau lies sich
nicht trösten sondern schimpfte mit ihm. „Was machst du mit
mir? Sperrst mich hier tagelang ein und lässt mich allein!
Ich habe Angst, bin hungrig und durstig. Was denkst du dir
eigentlich dabei? Was du machst ist strafbar!"

Das mochte Friedrich gar nicht hören. Sie war nicht schön,
wenn sie ihn so laut beschimpfte. Was bildete die dumme
Kuh sich eigentlich ein, wer sie ist?

Er würde sie erneut bestrafen und zwei Tage hungern und
dursten lassen. Er würde sie nicht lieben und ihren Körper
massieren. Sollte sie doch sehen, wie es in der Zwischenzeit
ohne dem ist.

Als er nach zwei Tagen wieder nach ihr schaute hatte sie
vom Weinen ein ganz hässliches Gesicht. Sie gefiel ihm gar
nicht mehr.

So konnte er sie nicht mehr fotografieren. Aber er konnte sie
auch nicht fortschicken, denn man würde ihn bestrafen und
die beiden Frauen im Stollen finden. Also beschloss er, sie
wie die andere Frau verhungern zu lassen.

In der Zwischenzeit fertigte er für sie ebenfalls wieder so
einen Stuhl an. Sie sollte neben den anderen ungehorsamen
Frauen ihren Platz bekommen.

Dieses mal ließ er sich Zeit. Er ging einfach nicht mehr zu der
Frau hin.

Der Unfall

Als er dann später zu ihr ging um sie fortzutragen roch sie so
unangenehm, dass Friedrich sich übergeben musste.
Dennoch zog er ihr ebenfalls ein schönes Kleid an, trug sie in
den Stollen und setzte sie neben den beiden anderen Frauen.

Er betrachtete sie noch einmal und sagte; „Ihr dummen
Frauen. Ihr ward so schön und nun seht was aus euch
geworden ist, Ihr seit alle drei so hässlich. Warum wolltet ihr
nicht bei mir bleiben. Ich habe euch geliebt und ihr wolltet
mich verlassen. Das konnte ich nicht zulassen."
Danach verließ er den unheimlichen Ort.

Die Zeit verging und Friedrich wurde immer unruhiger.
Er brauchte wieder ein Modell. Er wollte neue Skulpturen
erschaffen, aber ohne eine Frau wollte es ihm nicht so echt
gelingen. Also durchstreifte er wieder Nacht für Nacht die
dunklen Parks und Gassen.

Endlich sah er sie, eine kleine schlanke Person auf der
gegenüberliegenden Straßenseite gehend. Er schaute nicht
nach rechts oder links, konzentrierte sich nur auf die Frau.

Das Auto welches mit hoher Geschwindigkeit auf ihn zufuhr
übersah er. Er spürte nur noch einen Schlag dann verlor er
das Bewusstsein. Jede Hilfe kam zu spät. Friedrich hatte den
Unfall nicht überlebt.

Ende

Weitere Bücher von Gisela Paprotny

Taigablume

Natascha, das Mädchen aus der Taiga

Buch ISBN 9783842395305

E-Book   9783844886917

Taigablume

Leid und Glück

Buch ISBN 9783844830392

E-Book   97838444894561

Ein rätselhafter Arzt

Buch ISBN 9783746017921

E-Book   97838444894561